청어詩人選 380

# 사랑하는
# 당신

## 신정숙 시집

청어

# 시로 향기로운 꿈을 그리다

김호운(소설가 · 한국문인협회 이사장)

시인은 시를 그린다. 세상을, 자연을, 그리고 향기로운 꿈을 그린다. 시를 감상하는 독자 역시 시를 읽는 게 아니라 마음으로 그 시를 보면 향기가 가슴으로 젖어온다.

신정숙 시인의 작품을 읽으면 그렇게 시가 한 폭의 그림으로 다가온다. 신정숙 시인의 시에는 그렇게 세상이 그림으로 담겨 있고, 사람의 마음이 수채화처럼 그려져 있어 오래도록 깊은 감동의 여운이 남는다.

은빛 노래하는 어린 쑥
바구니에 듬뿍 뜯어 담고
참쑥은 솜털이 보송보송한 거라고 알려주시던
정겨운 어머니의 사랑도 그려 넣고
돌미나리 넓게 한자리 차지하고
수다를 한 보따리 풀어내는 자리
어린 시절 친구들과 내 것 네 것
영역 나눔 하던 풋풋한 이야기도 뜯는다

- 시 「나의 봄!」 일부

시 「나의 봄!」에서 은빛 노래하는 어린 쑥을 뜯어 담는 바구니에 '참쑥은 솜털이 보송보송한 거라고 알려주시던' 정겨운 어머니의 사랑을 그려 넣는다. 여기에 어릴 때 함께 뛰어놀던 친구들과의 이야기도 뜯어 넣는다. 신정숙 시인의 시에는 이처럼 이야기 소리도 들리고 아름다운 그림도 본다.

신정숙 시인이 그동안 발표한 작품들을 묶어 시집을 펴낸다고 한다. 참 기쁘고 반갑다. 마치 향기나는 그림을 한자리에 모아놓고 보는 잔치를 벌인 셈이다. 신정숙 시인의 이 시집이 많은 독자에게 사랑받기를 바라며, 아울러 시의 향기가 우리가 사는 세상을 평화롭고 아름답게 해주길 기원한다.

## 시인의 말

베란다에서
우아한 자태를 뽐내는 관음죽
18년 전 작은 잎사귀 서너 장의 몸으로
초등 1학년 교실에서 아이들과 동고동락했던,
내 아이가 청소년기를 지나 청년이 되어가는 동안
작은 화분에서 네 개의 큰 화분으로 분가를 하고,
그 힘찬 에너지는 작은 숲을 꿈꾸며
젊음의 꽃을 피우고 청정함으로
오늘도
내 시선을 끌어가며 시심을 흔들어 깨우고 용기를 준다.

하 나, 둘 모아진 글이 아직은 덜 여물은 듯싶어서
시집으로 엮어내지 못하다가
이제는 세상 밖으로 내놓기로 했다.
라일락꽃은 작아도 아름다움이 있고, 향기가 있듯이
나의 첫 시집인 『사랑하는 당신』도
나 자신에게는 또 다른 시작이 되고,
누군가에게는 쉼이 되고,
향기가 되었으면 하는 바람이다.


2023. 2.

# 차례

## 1부 나의 봄

## 2부 봄 그림

# 1부

## 나의 봄

저 건너 산불 난리에
이삿짐도 없이 혈혈단신 이사 온
비둘기는 외로워서 후꿍후꿍

# 사랑하는 당신

아침이 좋다
당신이 있어 좋다

어제는 얼룩이 졌어도
아침은 새것이라 좋다

통탕거리는 아이들의
분주한 아침 소리도
당신을 닮아서 좋다

미운 당신
화나게 하는 당신
완전히 미워할 수 없어
사랑하는 당신

방긋방긋
천방지축으로
오늘도
반짝이는 삶의 수를 놓는다

# 그리움

봄꽃 마주하면
내 마음이 방긋 웃고
너와 마주하면
내 마음이 꽃망울로
가득가득 피어나
그대 품에 숨어들고

파란 하늘이 되고
빨간 꽃이 되어
내 마음에 뿌려지면
그대 향한 그리움의
싹이 튼다

보고 또 보아도
보고픈 당신
당신은 나의 영원한 동반자

# 새 아침!

재재재재재
찌르르르르
쭈르륵쭈르륵
산새들 우물터에 앉아
세수는 안 하고 부산스러운 인사에
아침밥 짓는 것도 잊은 채
철퍼덕 앉아 이슬을 마신다

저 건너 산불 난리에
이삿짐도 없이 혈혈단신 이사 온
비둘기는 외로워서 후꿍후꿍

헐거워진 마음
강퍅하던 마음
땅을 파서 묻어두고
새날을 받아 든 손으로
풋내 나는 그림을 그리자
다짐하는 메꽃

맑은 물 한 잔에
지난밤을 띄워 마시며
점 하나 찍었네

# 풀숲의 사랑

초록네
입맞춤에 정신없고
시샘하는 장대비
대지에 사랑을 퍼붓느라 정신없네

껌벅껌벅 침침한 눈 비비며
데굴데굴 굴러 동동
마음은 동글동글
임 찾아 길 나서는 처녀

내 사랑 맹!
수줍어서 꽁!
예쁜 임 맹!
행복해서 꽁!

풀숲의 사랑
하늘은 모른 채 눈을 감고
자는 척하네

# 그대 가슴에

빈 하늘
씨앗 하나
기도로 심고

눈물로 적시고
정으로
싹을 틔웠네

# 포도알

철없던 봄날
삶에 구름 한 점 없던 그 시절
풋기 어린 봄바람
사랑이란 걸 알려주었지

하얀 움막의 손짓
구름, 바람, 햇살
가슴으로 느끼고
독수공방으로 수양 쌓으라 하네

매미 소리 영글어 갈 즈음
몸은 숙성해지고
마음도 익어가고
흑진주 되어 사랑을 기다리는
포도알

포동포동 숫된 요조숙녀
동글동글 잘 다듬어진 몸매에
뽀얗게 분단장하고
화사한 미소 짓네

# 당신의 미소

당신은
봄바람 입에 물고
오월의 풋풋함을 입으셨지요

당신은
태풍 몰아치는 세월
든든히 막아주셨지요

당신은
풀피리 가락에
마음을 풀어내셨지요

당신은
사계절을 미소로
품어내셨지요

# 당신

그대
미소 머금은 그림
풋향기로 다가와 소리 없이 핀
아름다움이었지요

그대
따스한 눈빛
황금처럼 반짝이던 날
하늘이 보였지요

그대
눈을 감아도
보이는 걸 보면
빛으로만 채워졌나 봅니다

그대는
나의 생명

# 행복의 빛깔

얼굴 마주하고 닮은꼴을 찾았지
못난이는 점 하나를 찍고
부부라는 그림을 그리기로 했지

쑥버무리 닮은
인연의 맛
형체를 갖춘 듯, 못 갖춘 듯
부부는
구수하고 향긋한 봄을 그렸지

날 세운 고드름
햇살에 녹아들면 무지개를 꿈꾸며
부부는
정으로 사계절의 색깔을 반사했지

따스한 빛으로
세월을 덧칠하는
부부의 그림은 미완성

# 행복 1

밀려오는 시간
밀려가는 시간
그 속에서 새날이
눈을 뜬다

오늘
나를 바라봐 주는 이
어제의 그이건만
새롭게 정겹고

내 둥지 속에
종알종알 이야기꽃
가득가득 피어나면
하루가 곱게 영글어가고

당신과 나
당신은 나의 빛이고
나는 당신의 쉼터

# 나의 봄!

은빛 노래하는 어린 쑥
바구니에 듬뿍 뜯어 담고
참쑥은 솜털이 보송보송한 거라고 알려주시던
정겨운 어머니의 사랑도 그려 넣고
돌미나리 넓게 한자리 차지하고
수다를 한 보따리 풀어내는 자리
어린 시절 친구들과 내 것 네 것
영역 나눔 하던 풋풋한 이야기도 뜯는다

꿩 한 마리 덤불 속에서
하늘빛 닮은 알을 품다가
푸드덕 날개 치는 바람에
뒤로 벌러덩
엉덩방아로 고운 햇살을 찧고
복사꽃은 볼 붉히며 깔깔깔 웃어댄다

큰 바구니에 새봄을 담고
추억을 담는 내 곁에서
내 짝꿍은 고추, 상추, 여주……
봄을 심는다

# 마주하는 이

그대 바라보면
푸른 하늘이 보이고

그대 바라보면
푸른 바다가 보이고

그대 바라보면
내일이 보이고

그대가 있어
내 삶이 향기롭게 피어나네

# 당신의 말

밤하늘에 별이 총총히 박히듯
밤하늘에 둥근달이 웃듯
내 마음에 별이 되고 달이 되는 당신

한날의 근심
한날의 분주함
한날의 미움도 사랑도
잠든 밤

한잔 술에 마음을 적시고
한잔 술에 가슴에 맺힌 일들
두런두런 풀어내는 당신
어수선했던 내 마음
춘란처럼 작은 미소 드리우며
고요 속에 잠기네

당신이 풀어내는 삶의 실타래
어느덧 하나둘 꽃망울 되어
곱게 피어나지요

# 평화

내가 평화로운 것은
내 사랑이 내 곁에서
든든한 울타리가 되기 때문이다

내가 행복한 것은
사랑의 결정체가
내 곁에서 손을 잡고 있기 때문이다

내가 기쁜 것은
내 가족이 서로
아낄 줄 알기 때문이다

내가 감사한 것은
건강하고
아름다운 가정이 있기 때문이다

# 행복 2

후꿍 후꿍꿍
무뚝뚝한
산비둘기 부부

후추룹 후룹추추
살랑살랑 애교 넘치는
이름 모를 산새 부부

앵두
보리수
오디 따며 싱긋벙긋
우리 부부

숲속의 사랑이 익어간다

빨갛게
새콤달콤하게
풋풋한 바람 품에서

# 부부의 그림

서로 닮은꼴을 찾는 것이
부부의 인연이라고 했던가?

익숙한 듯 익숙하지 않고
닮은 듯 닮지 않은 그대와 나

모나고 날카로움
부딪치며 깨지고 부서지며
닮은꼴을 만들어가는 그대와 나

둥글둥글
세월을 함께 굴리면서
두 개의 붓으로 하나를 완성해 가는 그림

그림 속에는 희로애락이 녹아들어
춘하추동이 조화롭게 채색되어간다

# 익어가는 삶

찬 겨울에
보름달을 닮은
붉은 석류
알알이 박힌 정을
가득 채우고 있다

석류를 박스로 들고 와 건네는
짝꿍과의 30년
내 삶이
알알이 정으로 익어가고

뜨겁지도
차갑지도 않은
36.7도 체온의 삶을 지키며 산다

# 그저 감사!

불투명한 세상
밝은 빛 주시니 감사!

불안한 세상
평안함을 주시니 감사!

라일락꽃처럼 작은 꽃을 닮은
오늘의 삶에 감사!

감사한 내일을 꿈꾸며
주님께 감사!

# 도사의 지팡이

험한 인생길
무엇으로 헤치고 갈까?
인연으로 만난 너 하나면 족하지

고단한 몸
후줄근한 옷
너의 몸에 의지하여
잠들 수 있으니 좋구나!

다음 생에 다시 만나 부부의 인연 맺을까?

너와 나
긴 여정 벗이 되어
쉬엄쉬엄 걸어가리라

# 새신랑

고요한 아침
풋풋한 미소가 창을 두드리며
무색의 빛으로 흔들어 깨운다

낡아지는 시간 속에
때때로 찢어지는 시간 속에
말끔한 새신랑이 찾아온다

20여 년 전 새신랑

아침마다 신은 새 시간으로
세월의 옷을 입힌다

# 2부

## 봄 그림

누렁소 등에 달아매고
더그덕 더그덕 삶의 짐
한가득 싣고
넓은 밭에 흩뿌린 빈자리
냉큼 올라탄 봄바람

# 첫 시간!

계절의 첫 시간!
산야는
화사한 꽃으로 맵시를 뽐내는가 하면
초록 잎은 힘차게 한 해의 시작종을 울린다

흥분의 도가니
꽃비를 뿌리는 거리에 인파가 몰려들고
젖은 땅속은 진통을 겪으며
가녀린 생명을 해산하고 있다

기억하라
설렘을 가득 안은 축복의 시간을
한파가 엄습하는 시간이 도래할지라도

# 산수유

춘풍을 입은
고운 햇살 아래
방긋방긋 미소를 머금는
봄 색시

긴 기다림을
잔잔한 이야기로 몸을 푸는
봄 색시

임 향한 뜨거운 그리움
꺾이는 세월의 흐름에 놓치지 않고

새날에 감사하는
해맑은
봄 색시

# 봄 그림

화사한 봄 햇살
두 볼을 살며시 끌어안고
초록 바람이 옷깃을 스친다

뾰족뾰족
삐죽삐죽
세상에 눈을 뜨는
해맑은 미소

기름진 곳에
빈곤한 곳에
작은 점 하나로 꿈이라는 그림이
그려지기 시작했다

가녀린 봄 쑥
오늘을 첫날이라 한다

# 풋풋한 그림

눈을 뜬
진초록의 꿈

보듬는 아침
넘쳐나는 설렘

춤추는 붓
하루를 그려간다

# 엄마! 1

엄마!
나의 생명의 근원지

엄마!
하늘이고
땅이고
바람이고
나의 마음의 봄

엄마!
숱한 고단함으로 기력은
세월 앞에 다 내어주고
지팡이에 몸을 기댄 채
막바지 햇살을 내뿜는 태양

엄마!
이제는
엄마의
따스한 봄이고 싶어라

# 쑥개떡

풋풋함이
향기 되어
온몸을 휘감는 5월!

쫀득쫀득
엄마 사랑 머금은
쑥개떡 그리워
바구니 들고 들에 나가
쑥 뜯으며 추억을 뜯는다

동그라미
동그라미
동그랗게 향기롭게 살라고

눈 감고 쑥개떡
입에 한입 물고
가마솥에서
익어 나오던 엄마 사랑을 잡는다

# 2013년의 태양을 안고

소리 없이 흰 눈이 내리는
2013년의 첫 아침
덮을 것은 그대로 덮고
삶을 검토하라는 신호를 보낸다

꽁꽁 얼어붙은 가슴
박차고 일어서라고
꿈틀거리는 생명
찬란한 빛을 발하기까지
쉼 없이 꿈을 꾸며 달리라고
새 아침이 흔들어 깨운다

오늘이 시작이라고!

# 봄

모진 한파 속에서도
임을 기다리는 한 알의 씨앗은
두려워하지 않고
잠잠히 때를 기다립니다

먼 길
산 넘고 거친 길 지나
묵묵히 다가오시는 임
정이 담긴 훈풍으로
연서를 띄우셨습니다

가슴이 뜨거워지면
때가 이르렀음을 알라고

# 설익은 사랑

꽃망울 숨소리에
방긋방긋

비바람에
눈물 뚜두뚝

작은 열매
튼실하게 자라날 때
으쓱으쓱

그윽한 맛
고운 자태
언제나 피어날까?

# 이방인

뽀얀 아침
봄 쑥
민들레
씀바귀
돌미나리
산비둘기 앞마당에 모였다

삽을 든 어설픈 농부
풋향기 잡아다
심통 난 수렁 밭에 안겨주니
화사한 무지갯빛 그림으로
쓱 눈물 훔치고 머쓱한 미소를 보낸다

꽥 구루르
꽥 구르르
물길 닿는 도랑마다 봄을 풀었다
이 땅을 점령한 황소개구리
파렴치한 갈대를 닮았다

작은 노래
고운 노래
선율이 깨져버렸다

# 마차

누렁소 등에 달아매고
더그덕 더그덕 삶의 짐
한가득 싣고
넓은 밭에 흩뿌린 빈자리
냉큼 올라탄 봄바람

삐그덕 삐그덕
해 질 녘
자갈길에 버려진 소망의 씨앗
주워들고 매달리는 아이들
내일까지 얹어 놓네

언덕길
좁은 길
굽은 길
탓하지 않는 한결같은 마음

푹신거리지 않아도
흥얼흥얼
아버지 어깨 닮은
정이 묻어나던 우마차
늘 기다려지던 어린 시절 있었지

# 산당화

몽울몽울
가슴에 맺힌 그리움
더는 감출 수 없어
가시 사이로 빨갛게 달아오른 볼

내 임이 언제 오시려나?
초가 울타리
그냥 지나시면 어쩌나

잠든 볼에 따스한 입맞춤
꿈인가 생시인가
임이 낮은 자리에 오셨네

# 백목련

찬 겨울
하루가 일 년인 듯
매섭게 춥고 더딘 세월

눈꽃의 화려한 유혹
다 멀리하고 임을 기다렸지

실바람 타고 오신 임
한 보따리 정을 풀고

따스한 눈길
살가운 말 한마디에
하얗게 미소 짓네

# 초승달의 사랑

까만 밤
작은 별들은 사랑을 속살거리고
저 아래 나뭇가지 사이
숨죽인 작은 이

임의 발자취
한 줌의 빛을 남기고
매일매일
그리움으로 사랑을 빚어
어두운 가슴에 작은 등을 달았지

꿈을 심어준 그대
실낱같은 초승달
큰 빛을 잉태한 보름달이 되었네

중년의 자리
세월이 깎아 놓는 아쉬움
그믐을 향해 간들
사랑이 삭아질쏘냐

# 할미꽃

할미의 허리춤 호주머니
곤히 잠자던
꾸깃꾸깃 종이돈 한 장
그때 5원이었지

할미가 준 눈알사탕 한 개
꼬깃꼬깃한 신문지 옷을 벗고
내 입으로 들어왔지

할미는 자연으로 돌아가서
보송보송 솜털 옷을 입고
고운 꽃이 되어 웃고 있었지

# 꽃들의 부름

노란 개나리가
줄지어 고개 숙이고
부끄러움을 애써 숨기고
하늘을 보고

하얀 목련꽃 봉오리는
가득 부푼 가슴으로
하늘을 보고

모진 세월 보내고
막 피어나려는 자태가
곱고 사랑스럽기만 하다

어느 사이 가득 물을 머금고
흔들어대는 능수버들
흔드는 사이사이에 주뼛주뼛 새순이 트고

살랑이는 봄바람에 흥겨워하며
모두 환한 미소를 드리우고

여기 좀 보세요
자랑스레 손짓을 한다

# 폭우와 폭염

가랑잎을 재우고 새순을 보듬던 가랑비
서러운 눈물 폭탄 되어 울부짖고
새 생명 잉태시키던
보드랍던 가슴의 햇살은
분노의 화염 옷 입고

여행객
토박이
큰놈, 작은놈이
휴식을 건지던 큰 정자나무
살려~줘
범람한 세월의 강에 넘어져
몸부림치며 숨을 헐떡거린다

평화로웠던 푸른 하늘
싸움을 그치지 않는다
묵은 정을 잃어버렸나 보다

# 삶의 계절

맛 들어가는 가을 문턱
새콤새콤
달콤달콤
너도 익고 나도 익고

사춘기 몸살 앓는
들녘
매미의 이별가에 눈시울 적시고
애써 모른 척 얼굴을 가린다

허공에 오색 물 뿌려대는 갈바람
떡갈잎이 부산스럽다

헌 손 내려놓고
새 손을 잡아야 하는
씁쓸한 세월의 맛
고약이 이보다 더 쓸까

# 변함없는 들국화

산기슭
외로운 자리
작은 숨결

늘 한자리
길 잃어 방황하는 나그네
향수에 젖은 그림자

갈바람의 사랑을 가득 받은
너

넉넉한 미소
가난한 마음도 풍요롭다

# 사랑의 눈길

첫선을 보니
왜 그리 못생겼는지
거무튀튀한 게 닦지도 않은 듯
하얀 옷도 남의 옷 같고

두 번째 다시 만나보니
미련해 보이던 모습도
그냥 괜찮네
아마도 수줍어서 글이 눈을 크게 못 뜬 게야

세 번째 너를 만나니
환하게 보이고
제일 잘나 보이는 걸
속은 진실을 담고 있었던 게야

도자기 시화
이제는
가슴의 따스한 눈으로
너를 품었구나
우리는 인연인 게야

# 흔들리는 나이

바람결에 몸살 앓는
나뭇잎을 닮았나?

세파에 탈진하여
빈 나뭇가지 되어 가는가?

푸름이란 오만과 자만
겸손과 덕으로 갈아입었나?

거센 비바람도 떠났건만
살랑거리는 바람결에 온몸이
흔들리는 삶의 계절

세월이 얼어붙기 전
생명수 마르기 전
솔잎의 청청함 덧입고
매무시를 고쳐보네

# 사랑의 삼복더위

파란 하늘에 흰 구름
정열을 쏟아내는 태양
눈이 부시네

가슴에 솟구치는
그리움의 열기
누구의 피가 흐름인가?

장대비를 기다리나?
먹구름을 기다리나?
시원함을 기다리나?

나의 태양아
사랑의 열기는
삼복더위만 같아라

# 인생이라는 실 가닥

세상에 발을 내밀 때는
울퉁불퉁하니 힘이 없고
근육이 붙을 즈음에는
단단해지며 동아 밧줄이 되어
부와 명예, 사랑을 엮어온다

한 가닥씩 풀어지는 중년
썩어지는 줄 모르고
앞만 보고 달리고

하얗게 서릿발이
날릴 즈음에는
한두 가닥만 겨우 버티고
가쁜 숨소리에 회한을 담는다

# 늦은 자의 번뇌

봄바람에 출발했건만
익어가는 갈바람에
내보일 것이 없어 뒤로 숨어드는
작은 모습

해가 이토록 빨리 기울 줄은 몰랐지
언제나 중천에 떠 있을 줄만 알았지

빨간 사과의 고운 얼굴
땡감은 달콤한 눈웃음치고
넙데데한 맷돌호박 그윽한 미소 짓네

졸아드는 가슴 부여잡고
쏟아지는 햇살 부여잡고
해내리란 늦은 각오
밤낮없이 뛰고 뛰는 늦호박

# 2014년의 첫 아침!

새벽은
어둠을 하나둘 걷어내며
나무와 잠든 새들
땅속에 무수히 많은 풀뿌리와 벌레
많은 생명을 보듬으며
새해 첫 아침을 기도로 열라고 한다

새 힘으로
힘차게 삶을 지고
상공을 높이 날아보라고
2014년의 밝은 태양을 품에
안겨준다

오늘 첫 발짝은
빛의 씨앗이라고!

# 산바람

숲속에
초록 물결이 인다

시원하게
파도 춤을 춘다

뚜루루 찌찌
찌리릭 찍찌
숲속의 파도 속으로
새들 수다가 숨어버렸다

나도
어깨가 출렁출렁
초록 물결 끝자락을 잡는다

3부

# 나팔꽃의 당부

구시렁구시렁
주름 깊은 밭고랑에서
한 날의 시름을 토해내며
잡초와 씨름하는 노파
굽은 허리만큼이나 사연도 많다

# 사랑 1

인심에 정을 섞어
관심으로 곰삭으면
뽀얗고 따스한 삶이 눈을 뜨고
하얀 화선지 위에 그려지는 그림
처음에는 아름다우나
세월이 칠을 더하면 더할수록
얼룩지고 찢어질 수도 있기에
정성을 다하여
분노는 삭이고, 마음은 정갈하게
조심조심 농도를 조절하며
채색을 하다 보면 환상적인 작품이 된다

# 개척

숲이 우거지고
가시넝쿨이 산재한 곳
누구를 위해서
꼭 그곳을 거쳐야만 하는 걸까?

시간과 싸우고
삶의 걸림돌과 싸우고
가시를 걷어내고 상처투성이 되며 닦은 길
꼭 이렇게 가야 할 이유가 무엇일까?

희생의 가치는 온데간데없고
때를 기다려 뚫린 길을 가는 이는
제가 길 닦은 양 활개를 치고

진실로 아름다운 행위자는
고된 여정 속에서도
처음 빛을 잃지 않는다

# 그저

숲이 우거진 곳에 둥지 틀고
지지지
째액째액
푸드덕푸드덕
얼떨결에 이슬을 툭툭 건드리며
새날 맞이 세수하는 작은 새

맑게 정화된 초록 아침!
묵은 찌꺼기
오염된 시간은
지난밤에 던져버리고
새날 맞음에 그저 좋아할 뿐

# 삶

세상에 눈을 뜰 때
내 일생을 누군가 그렸을까?

세상을 달릴 때
알 수 없는 미래를 향해
앞만 보며 달렸겠지

한 몸에서 눈을 떴건만
너는 수박이 되고
나는 호박이 되었지

우리 몸에 흐르는 유전자
선택의 여지가 없기에
타고난 모양 탓하지 않고

오늘을
한 뼘씩 키워간다

# 명아주

명아주
한낱 풀 한 포기
콩밭에 자리한다고
갈퀴손에 쑥 뽑혀지는 구박데기

구시렁구시렁
주름 깊은 밭고랑에서
한 날의 시름을 토해내며
잡초와 씨름하는 노파
굽은 허리만큼이나 사연도 많다

늦은 가을날
밭둑에서 묵묵히 자리 지키다
노파의 무거운 발길 가여워
지팡이 되어
막바지 계절을 함께 걷는다

# 가을 초엽

따갑던 땡볕
처서를 앞두고
살며시 찾아든 갈바람에
비틀거리고

사과
배
뽀얗게 살찌우고
고와지는데

남은 시간 얼마런가
가늠해 보는 잎사귀

이따금 자잘한
싸한 기운이 기어들어
기웃거리는 계절

# 허기

꾸역꾸역 먹어도
늘 배고픈
한겨울 아궁이

꽃은 피어도
향기 없고
씨가 없는 변이 된 꽃

젖배 곯은 아기
제때 못 배운 아이

세월이
가도 채워지지 않는
배고픔

# 석류

빠알갛게 얼굴빛 수줍던 날
그 어디라도 겁나지 않던
온 세상 열정으로 가득했던 날

시간의 바람결 따라
꿈을 안고 희망 부풀리며
알 수 없는 내일을 기대하며
오늘을 성실히 살아냈지

좋은 날만 있던가
달곰하지 않은 시큼하고 떫은 날이
하루하루 늘어만 갔지
그 속내를 누가 알겠는가

고단한 일상
치밀어 오르는 답답함
불끈불끈 달아오르는
불덩이

시간의 수많은 덧칠 속에서
달콤하게 알알이 삶이 익은 걸 보니
그래도 한세상 살만했구나

# 향기

어둡고
딱딱한 시간을 깨고
물 한 모금 입에 대고
눈을 떴네

너도 나도
사랑의 볕을 입고
실바람의 토닥임에
으쓱으쓱

불볕
세찬 바람이
흔들어도 꺾이지 않는 신념은
꽃을 피웠지

지친 날개
쉼터가 된 호박꽃

# 행복의 문

뙤약볕 아래
풀 한 움큼 뽑아내고
잡념 한 움큼 뽑아내고

깨애앵
깨애앵
금방 태어난 강아지
내 숨결을 보듬고

머릿속
진초록 도화지 방울방울
새하얀 꽃피워내고

어느덧
삶 속에 묻은 때
흔적 없이 사라져

# 침묵

입이 붙었다
눈도 감았다

흰 눈 가득 쌓인 찬 겨울
고목은
땅속 깊은 곳에서 고된 수련 중이다

온 세상이 심란하게
흔들어도
묵묵부답

자신의 때를
준비하며
내면을 갈고닦음이다

# 인생 1

삶이
가벼워서도
무거워서도
어두워서도
성급해서도 안 되고

나를 사랑하고
너를 사랑하고
우리가 되고, 자연이 되고

내가 나의 주인이 되어
아름답던 활짝 핀 삶이 접힐 때는
겸손한 호박꽃처럼

하나님
자연
나
!
그 관계 속에는 감사가……

# 엄마 2

엄마는 바보!
자신의 색깔도 잊은 채
자식이 불러만 줘도
벙글벙글

엄마는 대지!
자식이 깊게 뿌리내리라고
흙이 되고, 물이 되고, 햇빛이 되고
퍽퍽한 세월 속에서도
벙글벙글

엄마는
봄, 여름, 가을, 겨울
희망의 끈을 놓지 않는 사랑

엄마는
세상에서 가장 아름다운
빛 중의 빛

# 사랑 2

풋풋하고
따사로운 봄날
복사꽃 하늘 가득 피어나던 날
꽃향기 가득 머금고 실바람 타고 날아왔지

곱기만 할 것 같던 날들이
꽃비 되어 흩날리면
아기 열매를 품고
삶을 파먹는 벌레를 털어내며
땡볕에는 그늘막으로 지키며
모진 바람도 굳건히 버텨내야 하는 것

맑은 하늘이 갑자기
온 세상 뒤흔드는 천둥 번개로 요란해도
꿈쩍하지 않는 강한 엄마로 거듭나게 하는 힘

삶 속에 스며있는
달콤하고 시큼하고 떫은 것들의
조화를 깨달으며 성숙하게 하는 것

# 해바라기꽃

한 주간의 고단함 삭여주고
새 에너지 채워주는 쉼터에
자리를 잡고

파란 하늘 아래
노랑 빛깔 너의 환한 모습에
폭 빠져든다

잡초 속에서 내일을 꿈꾸는
해님 바라기
동그란 얼굴에 꽃잎이 총총 박히고
별님 달님의 속삭임도 그려 넣고
수줍음을 안고 삶을 펼친 아름다움

나의
해님 바라기

# 커피 한잔

까만 무쇠솥 구수한 누룽지 숭늉 맛에
슬그머니 도전장을 내민
보약을 닮은 새까만 너
은은한 향기로 유혹을 했지

이름도 가지가지
커피숍에서는 카푸치노, 카페라테
일할 때는 알 커피 몇 알로
가끔 만나지만 여운을 길게 남기는 너

너를 만난 날이면
까만 밤 하얗게 지새우다
짝꿍한테 까맣게
진하게 한 소리 듣게 하는 너

샛별도 잠든 새벽 5시
전기밥솥에서 아침밥 짓는다고
알림을 줄 때까지도 꼼짝 못 하게 잡아놓고
내 하룻밤을 통째로 삼켜버렸다

# 내가 나인 것은

내가 꽃이 아니고
나인 것은
꽃을 보고 아름다움을 깨달으라고

내가 짐승이 아니고
나인 것은
짐승을 보고 사람인 것을 감사하라고

내가 벌레가 아니고
나인 것은
베푸는 큰 손이 되라고

내가
나인 것은
다 신의 뜻이 있으시기에
이대로 지음을 받은 것이리

# 절경

생명체와 무 생명체가
묵묵히 자리를 지켜내며
고된 인고의 삶이 뿌리내린 곳

바위 틈바귀의 등이 굽은 소나무, 그 이웃들
왜 평지에 대한 그리움이 없었겠는가
왜 하늘을 나는 새가 부럽지 않았겠는가

바람결이 전하는 세상 소식
그저 반가워 품에 안고
고요한 평안에 깃들고

한낮의 시간
헛되이 흩날리지 않는 이들의 어우러짐

팍팍한 삶의 여정 속에서도 정을 나누며
한 방울의 물방울에도
불평이기보다
감사가 빚어낸 아름다움이다

# 인연

맑은 하늘 아래
생김새도 낯설고
생각도 다른 우리

한 번 보고
두 번 보고
너와 나
익숙해지고 나니
그리움이 싹이 트고

가지고추와 블루베리

낯선 땅에서의 만남
하늘이 준 축복 아니겠나

# 나팔꽃의 당부

하루를
해맑게 살라고
방긋

하루를
싱그럽게 살라고
방긋

하루를
감사하게
시작하고
마무리하라고

# 신바람

어깨에
설렘 가방 둘러메고

경중경중 따라오는
즐거움과 피어나는 젊음
사뿐사뿐 발을 맞추고

아담하고 귀여운 친구
살짝 정든
우쿨렐레와 함께 한
생기로움

아!
잠자던 풋풋한 삶의 리듬
푸드덕 푸드덕
푸른 비행을 꿈꾸는 날갯짓

# 새빨간 비트

작은
한 조각으로도
물컵을 빨갛게 물들이는 너

누가
너를 인물 없다고 비난하겠니

오염으로 늙어가는 세상
다시 회춘시키려는 희생과 열정

한세상 홀로 영화 누리는
흑장미보다 곱구나!

# 흔들리지 않는 나무

정으로 묶어 찾아오는 뜨거운 유혹
황금잔에 담긴 한 잔의 술
뿌리치니 야속하다 하네

손에 쥐어진 구속의 독주 잔
폭염 속에 목이 타들어간들
어찌 받아 마시랴

푸른 하늘에서 힘차게 단비 내리면
그것이 내게는
자유를 품은 생명수인 것을……

오늘도
신념의 뿌리로
중심을 잃지 않으려 곧게 서 있다

# 삶의 소리

종알종알
세상의 아름다움에 반사하며
꽃망울 터지듯 네가 터져 나오던 시절
그건 초록빛 젊음이었다

지지 않을 것 같던 봄꽃이 지고
희어지지 않을 것 같던 검은 머리
반백이 되고 자연 앞에 삶을 반추하며
말 샘이 깊어지는 시절
그건 황금빛으로 익어가는 중년이었다

말, 말, 말은
따듯하고 정겹게
맛있고 시원하게
암반 밑에서 솟아나는 생수처럼

누군가 말했다
한 잔의 말을 마시니
해묵은 갈증이 해갈되었노라고

# 이제 철들라고

흉내 내지 마라
작다고 탓하지 마라
못났다고 기죽지 마라
네 모습 그대로
생명의 꽃이 되어 향기 날리라고
작은 풀꽃이 가르친다

담백한 맛이 좋아지는걸
늙어감이라 말하지 마라
익어가는 거라고 나무 열매가 가르친다

미운 시간은 정으로 물들이고
좋은 시간은 생명을 불어넣어 주라고
계절이 일깨워준다

# 새 그릇

밝고 선명한 몸체에
원망의 때
오만의 때
분노의 때가 자리하고

언제 색이 바랬는지
언제 투박해졌는지
알지 못한 채 담아지는 상념

하나
둘
진리와 양심을 섞어
비우며 씻어내는 가슴속 그릇 하나

맑고 환한 반짝임이
찾아진 날
새 그릇이라 말하리

# 4부

## 억새의 인사

훈장 할아버지
댓 끼 놈! 호통 소리에
감꽃도 줄행랑을 쳤네

비바람이 기다려지는
밤하늘엔 별들이 잠들었네

# 한순간에

나뭇가지인들 고민이 없을까?

어디로 삶의 방향을 잡을까?
허공에 손 내저으며 최선의 선택을 하겠지
생존을 위하여

이 시간도 하나의 선택일진대……

삶 속의
천국과 지옥의 길도
찰나의 선택에 달려있는 것을

# 나의 기도

내 남편!
내 딸!
내 아들!
주님의 은혜와 은총 중에
늘 평안하기를

내 아이들의
건강과 삶의 진로가 밝고 평안하기를
우리 부부가 행복하고 평안한 노년이기를

주님을
믿음으로
아침을 기도로 열고
하루를 기도로 마무리한다

먼 거리에서도 우리 가족은 늘 함께
함을 믿으며 감사기도를 드린다
아멘

# 사랑을 낳는 산

높고 푸른 큰 산은 말이 없다
그저
새 생명이 움트고 삭아지는 계절을
사랑으로 품는다

아침을 알리는 새소리에
크고 작은 수목은 눈을 뜨고
한날을 맞음에 기쁨이 춤추는 곳

음지에서도
양지에서도
삶이 향기롭게 피어나는 곳

세월이 켜켜이 쌓이고
하얀 서릿발이 내리고
주름진 삶의 고랑에
쓸쓸한 찬바람이 일렁이면
넓은 가슴으로 포근한 쉼을 주고
둥글둥글 어우러져 큰 하나를 이루게 한다

# 나무지게

새 아침 눈도 뜨기 전에
노랑, 빨강, 파랑 색깔의 짐이
한가득 올라타고 배시시
청춘이 어디인들 못 가랴
매일 쌓이는 짐을 사랑하기에 바빴지

긴 세월
앞만 바라보며 힘차게 달렸지
남의 짐까지 대신해 주는 여유로움을 가지고

중년을 넘어 노년에 접어들어
다리가 약해지고
허리가 삐거덕거려도
쌓여만 가는 짐으로 휘청거려도
당연하다는 듯
아무도 염려하지 않는구나

삐걱거리는 이 한 몸
지탱해 주는 건 동고동락한
동반자인 작대기 하나뿐

# 사는 냄새

개나리
벚꽃
제비꽃
산수유
꽃망울 터트리느라 부산하다

작은 꼬마
자전거에 몸을 싣고 비틀비틀
페달을 밟으며 시끌시끌하게
아빠 엄마의 하루를 키워가고

한 생명이
살아 존재함을
이렇게 저렇게 고운 모양 만들다
때로는 아웅다웅하며 산다

오늘도
자연과 더불어
삶의 발자국을 꾹 찍으면서

# 겨울나무

태양이 미소를 보내던 봄날
꿈 많은 청춘이었지

다람쥐
들새들
들락날락 제집인 양
활개를 치며 놀이마당 벌이면
그냥 너그럽게 봐 주었지

빛 고운 날들
너도나도
보물을 한 짐씩 챙겨가고
남겨 놓는 한마디
사는 것이 고단하다고

북풍 몰아지는 차가운 겨울
외롭고 추워서 떨고 있은 들
아무도 돌아봐 주지 않는 삶
하얗게 바래버린 세월만이
흰 눈이 되어 소복이 쌓이는구나

# 교훈을 주는 산

서로 도와주라고
서로 아껴주라고
서로 품어주라고
서로 그늘이 되어주라고
해맑은 미소를 주고받는 곳

소나무, 참나무는
칡넝쿨, 담쟁이넝쿨에 등을 내주고
발아래 고비, 버섯은 까불대고
작은 새들 재잘재잘 쩍쩍 재롱부리고
방긋방긋 나리꽃, 상사화는
분단장 놀이에 바쁜 훈기 가득한 곳

불평 하나 없이
탓함도 없이
그저 주어진 삶에 최선을 다하는
너, 나, 우리가 되는 곳

# 내 잔

잔은
무엇을 원할까
왜 만들어졌을까?

꾸역꾸역
잡히는 대로 집어넣은
내 가슴의 잔

하나
둘
갈 길 열어주고 나니
투명한
빈 잔이구나!

잔
그 속에
하나, 둘
남은 세월 무엇으로
채울까?

# 감꽃

비바람 치는 날
감나무 아래 바가지 하나 들고
감꽃을 주우며 목걸이를 만들까
소금물에 삭혀 먹을까
설렘을 가득 주워 담았지

훈장 할아버지
댓 끼 놈! 호통 소리에
감꽃도 줄행랑을 쳤네

비바람이 기다려지는
밤하늘엔 별들이 잠들었네

아기 감이 배꼽에 감꽃을 붙이고
소녀들을 만나는
비바람 치는 날을 기다리겠지?

# 노바백스

코로나 바이러스와의 전쟁 중에
일상 회복을 위해 취해진 방역패스

백신 2차 접종 후
180일 안에 3차 접종 필수
무겁게 시간은 흘러 남은 시간 8일

전 세계를 뒤흔든 보이지 않는 적
백신 부작용에 대한 두려움
온갖 상념까지 끼어들어 어지럽히고

a백신 부작용으로 혹독한 시간을 보내고
한 가닥 희망이었던 노바백스
너를 만나 평안을 찾음이 감사할 따름이다

# 진초록 숲

얼룩얼룩
아웅다웅
복잡하고
너덜너덜한 마음
차 안에 묵직하게 싣고 떠난다

어서 오라고
천천히 오라고
두 팔 벌려 환영하는
진초록 숲길

숲속 이야기 속에
세상 이야기 다 털어내고
초록 에너지 수혈을 받은
긴 심호흡

초록아!
너는 새 생명이었구나

# 꽃

한날의 고단한 일상
돌아서서 남을 탓하지 않는
너는 나의 스승이다

쓰디쓴 세월에도
환한 향기 머금은
미소를 잃지 않는 너

삶에
지친 엄마의
어깨를 향기로 다가와 토닥이는 너

엄마는
가시가 돋친 일상에서도
한 송이 고운 꽃이 되어 간다

# 함박눈

깊은 겨울밤
살포시 찾아오는 이

높고 낮은 자리
가리지 않고
세상살이에
덧난 자리
짓무른 자리 품어내는 이

고루고루
넉넉히 복을 내리는 이
손을 움켜쥐지 말고 펼치라 하네

# 선(善)

삶이 팍팍할 때
뒤엉키는 가시넝쿨들이
앞서거니 뒤서거니
기승을 부리며
맑은 하늘을 가리운다

한 줄기 빛을 찾으려
낫은 과감히 악(惡)을 쳐내고
오늘을 살린다

시련 앞에 휘청휘청
악(惡)이 무릎 꿇기까지
신념 하나로 홀로서는 그대

오늘!
두 팔 벌려 하늘을 품어라

# 선과 악

화려함
오만함
혼란함
가슴에 품고
천연한 듯 미소를 띠네

주거니
받거니
술잔에 섞인 속내
요염하기가 이를 데 없네

빛이
밟는다고 밟히나
찢는다고 찢기나
흩는다고 흩어지나
다만 갈 길을 갈 뿐 말이 없네

엇갈리는 인생에서

# 가을볕이 춥다

긴 듯
짧은 듯한
터널 지나 꽃을 피웠지

비워가는 금빛 들판
곱게 물들던 푸른 산
정답던 그림들이 하나둘 지워짐에
살진 송아지
눈을 껌벅이며 음머 음머

삶이 무르익은 가을
채워진 다음은 자리 비워야 함을
모르고 달려왔지

허허로움이 인생인 것을

# 말 1

씨앗을 품은 너는
내일을 잉태했지

꽃을 품은 너는
꿀의 향기를 알려주었지

입을 다문 너는
득도를 꿈꾸었지

너는
죽음도 부를 수 있고
죽어가는 이도
살려내는 힘이 있었지

너
온 세상을
넉넉한 정으로 채워라

# 합장한 연꽃

진창 속 탓하지 않음은
사랑을 앎이다

인고의 껍질을 깨고
세상에 눈을 뜨는 너
부처가 되는 길을 이미
알고 있었구나

두 손 모아
얼룩진 삶을 정화하는 맑은 숨결
아기의 미소를 머금은 꽃으로 거듭나
평화롭게 세상을 물들이는구나

덧난 삶
모진 삶
질질 끌며 발길을 옮김은
네가 바로 부처이기 때문이다

# 내 묘비명

파란 하늘
하얀 구름
푸른 바람
한잔 술에 취하던 날
사랑을 알았노라고

빨간 꽃이 메마른 가지에
피어나던 날
사랑을 시작했노라고

까맣던 머리에 하얀 목련꽃이
쏟아지던 날
사랑의 아픔도 알았노라고

찬바람 일렁일 때
세상이 얼어버렸을 때
얼음꽃도 피우려고
너만을 죽도록 사랑했노라고

희로애락 속에
사랑하다 떠났다고
그리 그려주오

# 인생 2

첫날은 사랑이라 했지
둘째 날은 무덤덤이라 했지
또 다음 날은 모른다 했지
그다음 또 다음 날은 잊었다 했지

# 억새의 인사

고향이라는 그림이 지워진 시간
불쑥 고개를 쳐들고 어서 오라는 손짓
기억 저 너머에서 본 듯한 반가운 모습

갈바람 입에 물고
마음을 간질이는 너에게
지난 세월의 일들을 묻자니
멍울지게 그리움으로 다가드는 그림

까불대던 나뭇가지
일 초가 아쉬워 가슴을 태우고
고운 빛깔로
오늘을 한 땀씩 수놓네

다시는 오지 못할 길이기에
다시는 보지 못할 시간이기에
한걸음에 세월의 추를 달아매고
천천히 이별을 준비하네

# 홀로 우는 새야!

푸른 숲 사이로 부는 바람아
알알이 익어가는 산천 소식 안고 왔구나!
풀잎의 빈 가슴
남몰래 흐느낌을 너는 알고 있니?
홀로 외로워 후꿍이는 산새 울음
애달프다 한들 그 누가 알아주겠니
세상사 흥청거리며
앞산을 두고 뒷산을 바라보는 인심
누구를 탓하겠니

거짓은 진실이 되고
진실은 쓰레기 더미 되는 걸
누가 밝히겠니
홀로 아픈 가슴 쥐어뜯는 산새 울음

얼룩진 가슴 푸른 하늘에 헹구어
갈바람에 널어보자
산새야
세상사 뽀송뽀송한 날이기를
소망해보자꾸나

# 아까운 햇살

아침나절 소나기가
왠지 모를 조급함을 안겨주더니
하얀 솜구름 한 송이 없는
맑디맑은 파란 하늘
그 속에 내 마음도 잠들게 하고

은행알 한 줌 주어다가
냄새 풍기며 씻어 햇살 받게 하고
아, 이것도 가을 냄새지

왜 그리 햇살이 아까운지
항아리 가득 담아 넣어두고 싶고
장롱 가득 채워 넣어두고 싶다

햇살에
펼쳐 놓을 것이 없어 두리번거리다
내 얼굴 햇살에 내밀어 본다

# 빈 그릇

세상에
태어나는 아기가
두 주먹을 불끈 쥐고 있다

손에 힘이 생기면
물건을 입에 넣고
판단이 생기면
먹을 것을 입에다 넣는다

내 것을 챙기고
남의 것을 빼앗으며
아이는 마음을 키운다

세월이 흐르고
삶이 때가 묻을 즈음에
마음의 그릇을 비우고
움켜쥐기보다는
펼치는 삶을 택한다

하얀 빈 그릇에
따스한 정과
빛으로 채색을 한다

# 서예 전시회에서

가을 들녘 무르익던 날
침묵으로 일관하던 붓
파란 하늘에 흰 구름 춤을 추듯
화선지 올라타 일필휘지하니
옛 성현들의 성어로
충신의 호국정신으로
온 하늘을 뒤흔들고
황국으로 피었나 했더니
죽순은 강하게 피어오르고
부드럽고 매서운 난초의 날렵함
고고하게 미소로 피어나는 매화 향
묵향의 침묵은 침묵이 아니었다

점 하나 찍어 한세월

풋내기 시인의 시 한 수
고운 공단에 묵향 입고
주인 품으로 금의환향했네

# 벌새의 사랑

노란 꽃, 빨간 꽃
고운 꽃들
한낮의 열기에 지쳐만 가고

새들도 나무들도
낮잠을 자는
뜨거운 한낮의 시간

벌새의 사랑

지친 꽃님 볼에다
포르르 날갯짓으로
잠을 깨우는 부채 사랑

임의 사랑에
내일을 향기로 꿈꾸네

# 상사화

깊은 산 중턱
길게 목을 빼고 있는 너
임을 기다리다 한발씩 나선 길
산중 외로운 길이었구나

인적도 드문 외로운 길
임이 길을 잃어 찾지 못할까
마중을 나왔구나

야속한 임
네 개의 등불을 밝혀도
여덟 개의 등불을 밝혀도
보이지 않는 임

불 꺼진 자리에
임이 오시면
흙이 되어 임을 맞겠지

# 모닥불

가슴 한구석에
생솔가지 얹어 놓고
불 지피고 호호 불며
불씨를 살리던 정열

세월이 가도 타지 않을 기세
연기되어 사라진 자리
작은 불씨 하나
껌벅거리며 반짝이는 사랑

세월의 고단함이 밀려드는 시간
따뜻하게 피어나던 정감 어린
흔적들이 그리움 되어 포옹하네

손잡지 않은 하얀 마음
향기만 남겨 놓은 마음
오랜 세월 향기로 피어날 사랑

오늘도 모닥불은 야금야금
세월을 태우고 있다

# 해탈한 신정호 연꽃

분홍빛
노란빛
하얀빛
술렁술렁
잔치 준비에 여념 없는 시간

동글동글 아기 진주
둥글둥글 엄마 진주
둥근 잎 멍석 삼아
꼭 껴안고 잠이 들었네

함박웃음 가득 머금고
사랑가 부르며 피어나는 연꽃
나그네 가슴 두방망이질 치고

지친 발걸음
찌든 얼굴
얼룩진 가슴
다 받아 안고 새것으로 돌려주네

# 단풍

눈이 부시도록 파란 하늘
맑은 미소를 띠고
나뭇잎에 기대어 서 있네

봄 이야기
여름 이야기
가을 이야기
가슴 가득히 담은 황혼의 꽃

바람아 불어라
고운 바람아 말해다오
긴 세월 사랑했노라고

빨갛게 태우던 열정
눈을 감고
나뭇잎이 꽃비 되어 내리던 날
세월도 한 잎이 떨어지네

# 등불

가물가물 꺼져가는 기억 속
환한 불빛

어두운 밤길
거센 물결에 놓인
인생의 징검다리

낡은 시간 나무라시는 어머니

기름은 바닥을 드러내고
심지도 기력 잃은 불빛
막둥이 발길 재촉 못하고
앞선 그림자만 눈물로 적시네

# 막차와 첫차

두둥실두둥실
구름 깃털 하나 사이
매매매 맴 맴
애간장을 녹인다
정신이 멍 간간이 쉬어짐도 없이
찬란한 일생의 오케스트라인가
정을 두고 빈 잔만 들고 있음인가
지친 몸 얹은 막차
정처 없는 여행길
아직도 동반자를 못 찾은
외로움은 허둥허둥

지난밤
귀뚜리는 서막을 올렸다

밤과 낮의 엇갈림
시간은 말없이 달릴 뿐

## 고요

잔잔한 울림이
혼란스럽던 뇌를 맑히고
무거운 눈꺼풀을 가볍게 들어 올린다

아침 이슬처럼 내려진
주님의 은혜로
가슴이 평화로워진다

뒤엉킨 세태에서
자욱하던 안개가 걷히며
찬연히 빛이 다가든다

오! 주여
이 빛을 잠시 놓쳤었나 봅니다

# 사계의 절반

보드라운 햇살에
빨간 볼 붉히며
살며시 손 내미는 자두
앵두 보리수에 이어 배턴을 받고
사랑스러운 자태를 뽐낸다

가지
가지고추
블루베리
저마다
가뭄과 폭염 속에서도
씩씩함을 과시하며 손짓한다

절반의 세월을 보낸
복잡 미묘한 인생의 길목
작은 꽃과 열매도 예사롭지 않게 다가든다

오늘이란 햇살
힘차게 받아들고
감사함으로……

# 말 2

꼭 필요하지만
돈이 필요 없는 말

무거운 말
가벼운 말
천박한 말
겸손한 말
다정한 말
격려하는 말

한마디 뱉는 순간
반짝이는 보석이 되고
어둠을 밝히는 별이 되고
향기 품은 꽃이 되고
구역질 나는 오물이 되고

말
입에서 떨어지는 순간
인격을 그린다

# 아! 비가 온다

후두두둑
어디서 들어본 장단 소리

창문 너머
불볕더위에 물 뿌리는 소리
심중에 반가움이 춤을 춘다

대지는 목을 적시고
큰 나무들은 지그시 지친 눈을 감고
한 모금씩 길게 들이킨다

연일 35도를 웃도는 폭염
40도에 올라서서 인간을 넘어뜨리고
희롱하는 기온을 이기려
58년 만에 에어컨을 의지하며
애타게 기다린 너

빗줄기야,
서둘러 가지 말고
좀 더 머물다 가면 안 되겠니?

# 화장한 얼굴

배시시 수줍음 머금은 산수유
저 언덕배기 동산
손 흔드는 분홍빛 메아리

등이 죽죽 갈라진 능수버들
초록 물 한잔에 얼쑤 좋다
몸으로 가락을 만들고
입술에 산당화 물들인
만년의 학생
마음은 뽀얗게 목련 꽃으로 활짝 피어난다

하하하
호호호
행복을 뿜어내는 가슴 콩닥콩닥

봄 햇살이 선사한 화장품
청춘을 그리고 그려도
닳지도 않네


*문해교육현장에서

124

# 유람선

칠십 팔십 구십
관절통도 날아갔다

타오르는 불길
봄 산자락 삼키듯
쿵쾅쿵쾅 장단에 한 몸을
원 없이 살라댄다

어둠 속 별이
쏟아지는 순간까지

# 배롱나무꽃

연분홍 옷을 입고
창문을 엿보는 예쁜 아이
보였다 안 보였다
저기 누구지?
공부하고 싶은가 봐

2층 만년 청춘 교실을
까치발 뜨고 기웃기웃
넌, 누구니?
수줍은 듯 배롱나무꽃이에요

궁금한 것도 많고
하고픈 것도 많고
한날을 길게 늘이고픈 오후

백일홍이여
아녀
맞어
왁자지껄
학생이고픈 배롱나무꽃

*문해교육현장에서

# 문해 교육과 갈증 해소

긴긴 세월
글자 터득을 향한 타들어가는 목마름
인내라는 쓴 약 한 알
그 하나로 버텼지

가난 속에
맏딸이라는 이유로
하늘이 가려진 땅만 보며
살아낸 모진 세월

세월이 낡아지고
삶이 닳아진 사이로
문해교육이란 눈부신 빛이 다가왔네
그건 푸른 하늘이 열리는 희망이었지

배움의 빛을 따라
발길을 옮기기까지
눈 비비고 정신을 차려
잃어버린 나를 찾아야만 했네

*문해교육현장에서

# 사랑하는 당신

신정숙 지음

발행처    도서출판 청어
발행인    이영철
영업      이동호
홍보      천성래
기획      남기환
편집      방세화
디자인    이수빈 | 김영은
제작이사  공병한
인쇄      두리터

등록      1999년 5월 3일
         (제321-3210000251001999000063호)

1판 1쇄 발행  2023년 2월 25일

주소      서울특별시 서초구 남부순환로 364길 8-15 동일빌딩 2층
대표전화  02-586-0477
팩시밀리  0303-0942-0478
홈페이지  www.chungeobook.com
E-mail    ppi20@hanmail.net

ISBN      979-11-6855-129-9(03810)

이 책은 한국예술인복지재단의 창작지원금을 지원 받아 출판하였습니다.